Ye   n650

TABLEAVX

TROVVEZ DANS LE

CABINET DE

MADAME FEDEAV,

trauaillez en Or & Argent.

Tous suiécts de l'Amour, pour qui ces Vers
ont esté composez.

M. DC. XXVI.

Patiente & frequente.

Amour frappant d'vne hache pour abbatre vn arbre.

LA Beauté la plus absoluë,
Et l'humeur la plus resoluë
En vain font c'elles teste aux charmes de l'Amour:
Il a tant de pouuoir à faire condescendre
Qu'il les forcera quelque iour
A le reconnoitre, & se rendre.

Piu forte d'Atlante.

Portant vne rondeur du Monde, son carquois au bas.

Si l'Amour est si fort qu'il surmonte en tous lieux,
Et qu'il se peut vanter d'assujettir les Dieux
Aux loix de sa puissance,
Croyez que ce n'est pas sans auoir combattu ;
Le soin, la peine, & la souffrance
Ont accompagné la vertu.

L'Vnione, & il fine d'Amore.

Amour embrassant vn autre.

C'est ity que tous les desirs
Ne peuuent rien attendre apres tant de plaisirs
Qu'Amour donne en cette rencontre
C'est parmy ces embrassemens

Qu'il se plaist à faire la montre
Des douceurs que l'on goute en ses contentemens.
Chiaro & puro.

Tenant vn Miroir.

Ha ! que vous me faite d'outrage ?
Belle qui m'accusez de par trop de rigueur,
Que ne voyez vous mon visage,
L'on n'y remarque rien que des traits de douceur.
Gioia manuoio.

Ayant des flesches au cœur.

Voiez ce Dieu presomptueux
Apres auoir vaincu les Dieux,
Il vient de si lasche courage,
Qu'il se laisse blesser du traict d'vne Beauté,
Et n'eschangeroit pas le pris de son seruage
A celuy d'vne Royauté.

Que sert de vaincre tout le monde,
Et de le ranger à ses loix,
Puisque vne Beauté sans seconde
Qui mesprise les plus grands Roys,
Me force d'auoüer que l'effort de ses charmes
Peuuent mille fois plus que celuy de mes armes.
Per fauor cresce.

Arrousant des fleurs.

O Amour que cette peinture
Qui te fait arrouser ces fleurs,
Represente bien ta nature
Qui ne se repaist que de pleurs.
Troppo tarda fuga.

Donnant de sa flesche à vn qui fuit.

Pauure fuiart! tu ne sçais pas
Ce que tu prepare de faire;
Croy-tu qu'à l'ayde de tes pas
Tu sois exempt des coups de ce bel auersaire?
Helas! que tu es bien deceu,
Encor qu'il ne t'eu apperceu,
Si ne pourrois-tu pas éuiter sa blessure
Les traits du beau Cephale, & les siens sont esgaux,
Ils ont vne mesme Nature,
Et produisent de mesmes maux.

Chi molto abbraccia poccio stinge.

Laschant des chiéns apres des lieures.

Amour à quel dessein allez-vous à la chasse,
N'y craignez-vous point le danger?
L'exemple d'Adonis vous doit bien obliger
De ne pas poursuiure sa trasse.

Spesso l'occasion fa l'huomo ladro.

Beuuant à la fontaine, & y mangeant des fruicts.

Que ton cristal est net, belle & claire fontaine,
Que le doux gazoüillis que tu vas produisant
M'est bien aggréable,& plaisant
Puisqu'il charme ma peine-
Mais ha! que ta douce boisson
Charme bien mieux encor mes sens, & ma raison
Dieu! que i'y treuue de delices,
Et que mes desirs sont contans
Puisqu'en l'excez de mes supplices
Ie n'y rencontre plus que des doux passe-táns.

La speransa nutrice.

Taittant vne femme, elle tenant des espics de bled.

Cette Dame est bien aueuglée
Et grandement mal conseillée
De donner à cét enfançon
Le meilleur sang qui soit au milieu de ses veines:
Qui pour cette douce boisson
Luy rendra pour salaire vn million de peines.

L'effetto piu che ì detto.

Monstrant à vne Dame vne toille où est dépeint vn cœur.

Ce Dieu presentant ce portrait
A cette dedaigneuse Dame
Luy remontre qu'elle ne fait
Le deuoir que l'Amour demande de son ame.

Vince ogni causa Amore

Flessant vn Dieu d'vn de ses dards.

Amour peut autant dans les Cieux
Aussi bien que parmy la Terre
Ce n'est pas aux mortels, mais méme encor aux Dieux
Qu'il ose declarer la guerre:
Voiez vous point ce Dieu blessé
A l'heure qu'il l'a menassé
Sa fléche a donné dans son ame
Le voila tout brulant d'amour:
Et il faudra que quelque iour
Il recoure aux humains pour allantir sa flame.

Amor non à timore.

Seul au bois, ayant vn lezard prés de luy.

S'il n'y a' rien dedans les cieux
Qui n'ait des marques de sa gloire:
Doutez-vous que dans ces bas lieux
Il n'ait vne entiere victoire?
Soit sur les animaux, ou bien sur les humains,
De qui la liberté reléue de ses mains.

Amor non ha timore.

Encor seul dans vne forest, ayant vn Cocodrille souz ses pieds

Que fais-tu ainsi solitaire?
Et à quel propos ce serpent
S'en va t'il à tes pieds rampant
Apprehendant de te mal-faire?
C'est sans doute pour témoigner
Que si ru peux bien dominer
Sur les bestes plus inhumaines
Les forceant de tenir le venin de leur cœur,
Il t'est facile aussi sans peines
De rester des humains le glorieux vainqueur.

Nulla sans fatica.

Chassant au Cerf, sonnant du cor.

Voiez ce petit Dieu tousiours dedans la peine
Quelque fatigue qui le meine
Il ne laisse pourtant d'estre prompt & dispos:
Court-il apres vn cerf iusqu'à perte d'haleine
Sans se donner aucun repos
L'on oit sa voix remplir le vaste d'vne plaine.

Tanto piu ferme quanto piu ſcoſſo.

Pouſſant vn gros arbre ſoufflé des vents.

On a beau le perſecuter
Il ſe moque de la ſouffrance,
Et ſi l'on veut luy reſiſter,
Il ſe monſtre plus fort dedans la reſiſtance,
Pareil à cét arbre agité
Par les ſouffles diuers d'vn furieux Borée,
Qui ne laiſſe pas d'eſtre en toute ſeureté
Car la racine en eſt ſacrée.

Come l'oro nel foco.

Monſtrant l'Or au feu à vne fournaiſe ſur vne table.

Certe ce n'eſt pas ſans raiſon
Que le graueur nous fait vne comparaiſon
De l'or auec l'Amour qui ſi fort luy reſſemble;
Si par diuerſe-fois l'or eſt purifié
Cét enfant à ce qu'il vous ſemble
Le peut-il eſtre moins eſtant déifié.

Abundanza confunde.

Regardant vne femme cueillant des fleurs en vn jardin.

'Amour ne ſoit picqué d'aucune jalouſie
Si cette femme a fantaiſie
De cueillir de ces belles fleurs;
Tu voudrois, ie ſçay bien, qu'elle voulut des tiennes
Mais voy qu'elles ne ſont ſans pointes de douleurs
Et qu'vn parfaict plaiſir accompagne les ſiennes.

Infino al fine.

Au Bois tenant vn anneau rond d'artifice & vne chandelle en l'air d'vn
bras haut.

Ie n'auois iamais creu que l'Amour eut des charmes
Encore moins des armes,
N'eſtant rien de ſi ſimple,& rien qui ſoit moins fort
Mais ie change d'auis,il vſe de malice
Car ſa chandelle en l'air,& l'anneau d'artifice
Me font croire qu'il fait vn ſort.

Lom' Amor vuole.

Tenant vn Cameleon dans les bois.

Si vous voiez Amour auec cét animal
N'en craignez pourtant point de mal
Il n'y a point de peur ſi ce n'eſt à ſon change
Or il n'eſt rien de ſi plaiſant
Et il faut que l'Amour s'y range
Car il doit auec nous aller ſimboliſant.

Amore fa glaſini, à leont.

Trouuant vn cheual beuuant à vn ruiſſeau,luy appliquant des aiſles ſur le dos.

Ce cheual que l'Amour treuue beuuant de l'eau
Au bordage de ce ruiſſeau:
Attachant à ſon dos vne figure d'aile,
Ne me fait rien conjecturer
C'eſt à l'auteur de ce modele
A qui c'eſt le deuoir de vous le figurer.

B

Chi vi torna si racende.

Tenant vn flambeau en sa main.

Tout ce que fait ce Dieu ne va point sans dessein
Et sans témoigner sa puissance,
Ce flambeau nous fait voir ce qu'il a dans le sein
Des desirs tout de feu d'Amour la violence.

Fœlicita d'Amore.

Vn esquif en Mer, l'Amant, & l'aimée
dedans, le Soleil se disparoissant,
Amour tenant le timon.

Amour guide de ce Vaisseau
Qui va balançeant dessus l'eau
A la faueur du doux Zephire,
Conduy bien ces chastes amans,
Reclame de ce Dieu que tousiours il respire
Au gré de leurs contentemens.

Virtute per guida.

Hercule menant Cupidon par la main.

Amour ne peut de son pouuoir
Ranger les siens à leur deuoir
S'il n'est accompagné de la force d'Hercule:
Et qu'il n'aille se deceuant
Sans luy pensant aller en auant il recule
Et ce qu'il fait n'est que du vent,

Amor eterno.

Assis sur vne trousse, l'arc d'vne main, la
flesche de l'autre dans vne verdure.

Amour aſſis ſur ſon carquois
Au milieu des Nimphes des bois
Tenant l'arc d'vne main, & de l'autre la fléche,
Se fait reconnoitre immortel,
Faiſons que le notre ſoit tel
Ne ſouffrant qu'on luy faſſe bréche.

Preſto acceſo, Preſto ſpento.

Se voulant jetter dans vn feu, remply
de fleurs, le traict en main.

Amour que deſire tu faire?
Pourquoy ſe jetter en ces feux?
De grace dy ce que tu veux?
Tu ne voudrois pas te mal-faire,
O ciel! quel courage indonté
A cauſe quil eſt ſurmonté
Par vn obiét incomparable,
Il ſe veut tuér maintenant
Et le fera ſans doute incontinant
S'il ne ſe rend plus pitoiable.

Ogni fatica & lieue.

Tenant vn pillier ſur l'eſpaule; vn bœuf,
& vne beſche ſouz ſes pieds.

Graueur oſte-moy de ſoucy,
Que veux-tu figurer icy?
Nous faiſant voir vn Amour vn pillier ſur l'épaule:
A quel propos ce bœuf, & la béche ſous luy?
Si ie ne tombe en quelque faute
Tu veux dire qu'il eſt pléin de peine, & d'ennuy.

Stabile il ogni tempo.

Tenant des fleurs d'Hyuer & d'Esté.

Il n'est pas iusques aux saisons
Qui ne soient dessous son empire,
Et vous n'en verrez point qui pour luy ne respire
Apres l'honneur de ses prisons:
Il a mesme en sa liberté
Les fleurs d'Hiuer, & de l'Esté,

Bensa trouar lastrda.

Ayant son carquois sous ses fesses,
nageant sur les eaux.

Nimphes qui demeurez au profond de cét'onde
Repoussez cét enfant qui nage sur vos eaux,
Si vous croiez ses yeux estre aussi doux que beaux
Ne vous y fiez pas il meurtrit tout le monde.

Chi la dura la vince.

Faisant caresse à vn lapin parmy les bois.

Bien qu'on tienne l'Amour au ciel, & sur la terre
Comme celuy qui darde aussi bien vn tonnerre
Que fairoit le pere Iuppin:
Sa puissance pourtant des hommes n'est maitresse
Qu'il ne leur ait fait la caresse
Qu'il fait à ce petit lapin.

Conserua il tutto Amore.

Amour en l'aer dans vne nuë, son arc ten-
du, tirant autour d'vn Monde.

Pourquoy te cache tu dans l'épais d'vne nuë?
Est ce pour faire choir vne grêle menuë

De fléches, & de traits?
Amour diſſippe ce nuage
Et change tes traits en attraits
L'vniuers te reſpecte,& cherit ton ſeruage.

Per fauore coſſe Amore,

Ayant vn feu deuant luy ſoufflé d'vn vent
pendant qu'il y jette vne braſſée de bois.

Amour ce grand braſier que ie vois là deuant
Comme il ſeroit dé-ja diſſippé par le vent
Si tu ne luy donnois ce bois pour nourriture:
Sçache qu'ainſi de toy que tu ne ſerois pas ,
Si l'on ne fourniſſoit des feux à ta nature
Qui luy ſeruent de bon repas.

Impedito piu feroce.

Marchant deuant vne femme tenant vne
anchre en l'air & la femme d'vn bras droit
le flambeau mis ſur la teſte de Cupidon.

Si aux choſes deſeſperées
On ſe ſert des anchres ſacrées
Qui nous font viure encore au milieu de la mort:
Les Amans que l'on voit fruſtrez de leur pourſuitte
Quand vn fier deſeſpoir au mal les ſollicitte
Y doiuent recourir en dépit de leur ſort.

Gratto & il gioco.

Tenant ſa trouſſe , & ſouz vn pied vne
Clochette.

Amour ton humeur eſt trop douce
Pour porter touſiours cette trouſſe

Qui te rend moins plaifant aux efprits des humains
Sers toy mieux de cette clochette
Et qu'on ne voie entre tes mains
Deformais le fujét d'où naift notre deffaite.

Ne ea fede je planto.

Faifant diftiller vn alambic fur vn
fourneau.

Comme par le moien du charbon de fourneaux
On fait que l'alambic diftile,
Amour fait couler file à file
De nos yeux vne fource d'eaux
Alors qu'vne amoureufe flame
Reçoit du déplaifir de quelque ingrate dame.

Commune & il tutto.

Vne fortune au milieu de deux Amours
leur donnant de l'eau de deux vafes
dans deux couppes qu'ils tiennent.

Celle que l'on nomme Fortune
Bien que l'on l'a compare à l'eftre de la Lune
Qui change de face à tout temps,
Sert pourtant à l'Amour d'addreffe
Qui fans elle ne peut prendre le paffe-temps
Qu'il fouhaitte de fa maitreffe.

Adonna donna.

Deux Amours fe prefentant vn vafe
reciproquement plein de richeffes.

Que ne voif-je à plein le portrait
D'vn amour qui foit tref-parfait

De deux cœurs enlaſſez enſemble,
Ha! que ie cherirois ce doux contentement
Conſiderant ces cœurs que l'vnion aſſemble
Et qui les tient touſiours en vn rauiſſement.

Pocco a pocco.

Vn Amour tenant vn taureau animé
tirant vne charruë.

Les animaux les plus diuers
Que l'on rencontre en l'vniuers
De farouches qu'ils ſont ont vne humeur docile
Par l'Amour de qui le pouuoir
Fait changer leur nature en vne plus facile
Les aſſeruiſſant au deuoir.

*Brancolando Cupido alento piede per trouar
la ſu ſtrada, in vn cantone eſſa ſago,
& amar non ſi concede.*

Cupidon dans vn bois, vn caducé, derriere luy le bouclier de Mercure.

Que fay-tu derechef icy petit folét?
Que fay-tu dans ce bois ſeulét?
Aiant deſſus ton dos le baſton de Mercure,
N'eſt-ce point que tu te déplais?
De faire à tout propos de nouuelle bleſſure?
Et que tu demande la paix.

Reciproco.

Deux amours ſe tirant vne fléche au
cœur.

Ha ! que gentil est ce combat
Que ie me plais à ce debat
Qui fait que ces Amours tirent l'vn contre l'autre.
Cette querelle-là ne fait ouurir le flanc
Ainſi qu'il ſe fait de la notre
Où nous épanchons tant de ſang.

Dolci ire, dolci ſdegni, & dolci pace.

Deux Cupidons ſe tirant l'vn à l'autre vne ramée.

Quand inſenſible à la pitié
Vne beauté ſe rit de la ferme amitié
D'vn ſeruiteur fidelle
Il ne faut s'étonner s'il accuſe le ciel
Et s'il maudit cette cruelle
Qui pour tant de douceur ne luy rend que du fiel.

Sempre qua regia amore.

Amour tenant vn traict & voyant des Soldats ſe tapir derriere vne haye.

Regardez derriere ces arbres
Vous verrez des ſoldas frois ainſi que des marbres
Pour la peur qui les a ſaiſis:
Que vous figurez vous qui les tienne en ceruelles
Ce n'eſt pas la rigueur de la belle Liſis
Mais ce petits enfant que vous voiez prés d'elle.

FIN

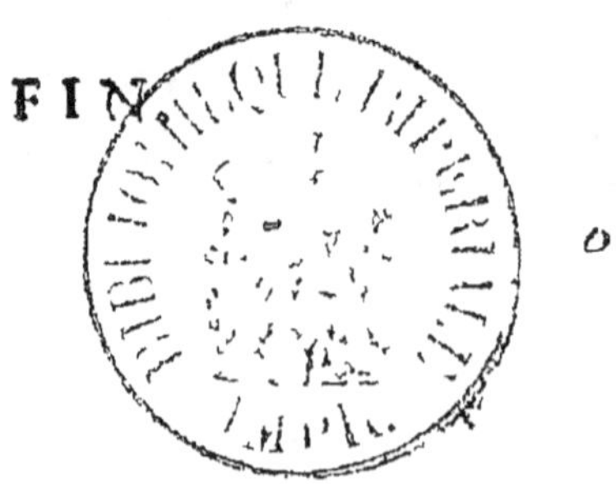

www.ingramcontent.com/pod-product-compliance
Lightning Source LLC
LaVergne TN
LVHW010838180726
843502LV00009B/3625